AF145664

Innere Konflikte

lösen

mit Focusing

~

Ein Kurzroman

Arno Katz

*Bibliografische Information der Deutschen National-
bibliothek:*
*Die Deutsche Nationalbibliothek verzeichnet diese
Publikation in der Deutschen Nationalbibliografie;
detaillierte bibliografische Daten sind im Internet
über http://dnb.dnb.de abrufbar.*

Coverfoto: © Can Stock Photo Inc./stokkete

*Hinweis: Der vorliegende Roman illustriert, wie im Inner
Relationship Focusing nach Ann Weiser Cornell und Barbara McGavin mit inneren Konflikten gearbeitet wird. Er
erhebt keinen Anspruch darauf, die tatsächliche Komplexi-
tät innerer Konflikte widerzuspiegeln.*
*Der Roman ersetzt weder Focusing-Training noch psycho-
logische Beratung. Falls Sie Focusing-Training wünschen
oder psychologische Beratung benötigen, wenden Sie sich
bitte an einen dafür ausgebildeten Experten.*
*Die Figuren in diesem Roman stellen keine existierenden
Personen dar. Eventuelle Ähnlichkeiten sind reiner Zufall.*

*Herstellung und Verlag: BoD – Books on Demand,
Norderstedt*

ISBN: 978-3-7347-7212-2

Für meine Eltern
Bärbel und Rainer
in Dankbarkeit...

Inhaltsübersicht

~

Kapitel 1

~

Die Existenz innerer Konflikte
– ein Faktum des Lebens

Januar 2001. Dichtes Schneegestöber. Flocken wirbeln durch die Luft, nehmen an Fahrt auf und klatschen mit Schwung gegen meine Windschutzscheibe. Die Sicht beträgt keine zwanzig Meter. Unter den Reifen das Knirschen der weißen Puderdecke. Die Welt befindet sich hinter einem wallenden Flockenschleier.

Ich genieße das neue Leben, das mich durchströmt wie frische Morgenluft, die die Schwüle einer durchzechten Nacht hinwegfegt. Ein warmer Fluss vom Bauch bis hinauf in die Brust. Ein paar Mal atme ich tief durch.

Plötzlich erinnere ich mich an mein Ziel. Angst flackert auf. Ein Blitz fährt mir in Mark und Bein und schlägt krachend dort ein, wo der warme Fluss seinen Ursprung nimmt. Tropfen springen in alle Himmelsrichtungen wie die Splitter eines zerberstenden Kristallglases. Der Fluss wird kleiner, droht zu versiegen, bis nur noch ein schmales Rinnsal wie ein dünner Faden tastend seinen Weg hinauf in die Brust sucht. Verzweifelt greife ich danach, versuche den Faden zu halten, doch er gleitet mir durch die Finger.

Dann trete ich innerlich einen halben Schritt von beiden Empfindungen zurück und erkenne sie an. Ich sage:

»Ich spüre neues Leben in mir wie ein warmes Rinnsal vom Bauch bis in die Brust. Und ich spüre etwas in mir, das Angst hat vor dem, was mich heute erwartet. Und beides ist da.«

Ich wende mich beidem zu, sowohl dem Rinnsal als auch dem, was Angst hat, und begrüße sie:

»Hallo Rinnsal! Ich spüre, du bist da. Hallo Angst! Ich spüre, du bist auch da.«

Während ich beides in meiner Aufmerksamkeit halte, gleichzeitig, schwillt das Rinnsal wieder an, wird kräftiger, strömt wieder ungehindert vom Bauch bis in die Brust. Auch für das, was Angst hat, ist Raum. Jetzt beim Autofahren kann ich dem nicht weiter nachgehen. Vielleicht später...

Ich weiß: Innere Konflikte sind ein Faktum des Lebens. Und ich kann mich ihnen entschlossen zuwenden, ohne sie zu verdrängen und ohne mich mit einer Seite zu identifizieren. Der Weg ins Freie beginnt, sobald ich den Konflikt sehen und anerkennen kann.

Im Schritttempo bahne ich mir meinen Weg durch die verschneite Welt und achte auf Orts- und Straßenschilder. Die Schneeberge am Fahrbahnrand werden höher und höher. Falls ich steckenbleibe, habe ich immerhin mein Handy, um Hilfe zu rufen. Inzwischen habe ich mich ein wenig an meinen neuen Begleiter gewöhnt. Ist ganz praktisch, andere immer erreichen zu können, wenn ich das will. Selbst immer erreichbar zu sein bereitet mir jedoch nach wie vor Unbehagen.

Endlich entdecke ich die richtige Straße. Vorsichtig biege ich rechts ab und fahre einen Berg hinauf. Gott sei Dank ist hier gestreut! Wie durch ein Wunder komme ich gerade noch rechtzeitig an.

Mit schlotternden Knien stehe ich im großen Saal des Studienseminars für angehende Lehramtsreferendarinnen und Lehramtsreferendare. Wir versammeln uns im Halbkreis um den Leiter des Seminars. Neugierig lasse ich meinen Blick von links nach rechts schweifen. Ein paar Gesichter kenne ich noch aus dem Studium. Am anderen Ende des Saals sehe ich Michael, mit dem ich einige Male gemailt habe, als ich noch in Spanien lebte. Ich nicke ihm freundlich zu und er nickt zurück. Wir sind der erste Jahrgang von Referendarinnen und Referendaren, der im neuen Jahrtausend seinen zweijährigen Vorbereitungsdienst antritt.

Feierlich spricht uns der Leiter des Seminars vor:

»Ich schwöre, dass ich das mir übertragene Amt nach bestem Wissen und Können verwalten, Verfassung und Gesetze befolgen und verteidigen, meine Pflichten gewissenhaft erfüllen und Gerechtigkeit gegen jedermann üben werde. So wahr mir Gott helfe.«

Ebenso feierlich sprechen wir ihm nach. Den letzten Satz darf man weglassen und einige machen von dieser Möglichkeit Gebrauch.

Während ich wiederhole, denke ich noch über den ersten Satz nach: »Nach bestem Wissen und Können« heißt ja nicht viel. Sofort fallen mir ein paar meiner eigenen Lehrerinnen und Lehrer ein, die stets nach bestem Wissen und Können gehandelt haben. Doch leider wussten und konnten sie nicht allzu viel. Immerhin haben sie uns gut verwaltet.

Durch die aufsteigenden Erinnerungen komme ich beim Nachsprechen etwas ins Schlingern. Soll ich den letzten Satz sagen oder nicht? Glaube ich eigentlich an Gott? Super Moment, um das zu klären!

Irgendwie verhaspele ich mich dann und sage: »So wahr mir Hott gelfe.« Glücklicherweise sprechen wir im Chor und keiner hat mich gehört.

Als wir den Schwur geleistet haben, gratuliert uns der Leiter des Seminars. Jetzt bin ich Diener des Staates. Wer hätte das gedacht... Vor Stolz schwillt mir die Brust. So, als befände sich dort ein gut gefülltes Luftpolster. Und etwas in mir beäugt das Polster misstrauisch von der Seite. Auch diesen beiden Empfindungen trete ich innerlich gegenüber:

»Hallo! Hallo!«

Anschließend gehen Michael und ich noch in eine Bäckerei, um eine heiße Schokolade zu trinken und ein wenig zu quatschen. Dazu hatten wir uns per SMS verabredet, eine Fähigkeit meines neuen Begleiters, die ich erst kürzlich durch Beobachtungen in Cafés entdeckt habe. Dort sitzen die Leute oft ganz alleine oder zu zweit alleine, tippen dabei auf ihren neuen Begleitern herum und malträtieren sich gegenseitig mit Botschaften wie:

»Ich habe gerade einen Latte getrunken. Ich glaube, ich trinke noch einen.«

SMS – Sado-Maso-Sitzung! Bin mal gespannt, wie sich das noch entwickelt in den kommenden Jahren.

In der Bäckerei nehmen Michael und ich einander gegenüber Platz und haben uns nichts zu sagen. Auch ganz ohne Handy. Oder vielleicht gerade deswegen. Ich spüre Enttäuschung. Die Hoffnung auf Freundschaft zerplatzt wie die Schneeflocken auf meiner Windschutzscheibe.

~

Lektion 1:

Innere Konflikte sind ein Faktum des Lebens. Wir müssen uns ihnen entschlossen zuwenden, ohne sie zu verdrängen und ohne uns mit einer Seite zu identifizieren.

Kapitel 2

~

Die Dynamik innerer Konflikte

Ich betrete die Eingangshalle des altehrwürdigen Descartes-Gymnasiums und versuche, auf dem frisch gewischten Marmorboden die Balance zu halten. Links und rechts Statuen mir unbekannter Persönlichkeiten. Eine davon kommt mir jedoch merkwürdig vertraut vor…

Hier werde ich mein Referendariat absolvieren. Wer war eigentlich noch einmal Descartes? Angestrengt durchstöbere ich die Abstellkammern meiner Erinnerung – mit mäßigem Erfolg. Vielleicht hätte ich mein Gedächtnis ein wenig auffrischen sollen, bevor ich hier aufkreuze. Jedenfalls war er kein Held meiner Kindheit. Apropos… Warum gibt es eigentlich nirgends ein Bud-Spencer-Gymnasium oder, noch besser, ein Asterix-und-Obelix-Gymnasium? Die haben immerhin hiebfeste Argumente für das, was sie glauben.

Der Schulleiter, ein Glatzkopf mit Kinnbärtchen, eckiger Brille und dunkelgrauem Anzug, der ein wenig aussieht wie Walter Ulbricht, kommt mir strahlend entgegen und reicht mir freundlich die Hand. Er nimmt sich viel Zeit und führt mich durchs Gebäude.

Ich fühle mich so wichtig wie schon lange nicht mehr – so wie Chruschtschow auf Staatsbesuch. Tut gut!

Ulbricht erklärt mir, was uns gestern auch schon im Studienseminar erläutert wurde: Im ersten Halbjahr habe ich ausschließlich Ausbildungsunterricht. Das heißt, dass ich unter Anleitung von erfahrenen Kolleginnen und Kollegen Stunden vorbereiten und durchführen muss. Ab dem zweiten Halbjahr gebe ich dann zusätzlich, so wie alle Referendarinnen und Referendare, so genannten BdU – bedarfsdeckenden Unterricht. Dabei handelt es sich um Unterricht in eigener Regie, mit Klassenarbeiten, Elternsprechtagen usw. Natürlich wissen alle, dass dadurch eigentlich nur Geld eingespart werden soll. Vier Referendare ersetzen fast eine komplette Lehrerstelle. BdU – betriebsbedingte Unkostendämpfung. Ist aber vielleicht gar nicht so schlecht. Dann kann ich wenigstens ein wenig herumexperimentieren, ohne mich gleich für jeden Fehler rechtfertigen zu müssen. Außer vor den Schülerinnen und Schülern. Na ja, für die ist es dann vielleicht doch schlecht.

In den ersten Wochen meines Dienstes werde ich erst einmal bei anderen Lehrkräften hospitieren, die dieselben Fächer geben wie ich. Ich soll mir anschauen, wie sie ihre Stunden aufbauen.

Heute bin ich im Deutschunterricht einer 8. Klasse. Gemeinsam mit dem Fachlehrer, einem hageren Mann Ende fünfzig mit einem Charme wie Erich Honecker, betrete ich den Klassenraum in der ersten Etage. Schnurstracks gehe ich nach hinten, an den Schülerinnen und Schülern vorbei, lasse mich bequem auf einen freien Stuhl sacken und strecke die Beine aus. Mit etwas Glück ist sogar ein Nickerchen drin.

Schauen ja alle in die andere Richtung. Bis auf Honecker, und der ist ja möglicherweise sogar ganz froh, wenn ich nicht so genau mitbekomme, was er da eigentlich treibt.

Der Schulgong ertönt und Honecker eröffnet die Stunde mit der Frage: »Was haben wir denn letztes Mal gemacht?«

Wie originell! Muss ich mir unbedingt merken!

Entspannt lehne ich mich zurück. Ahhh… Genau in dem Moment trällert mein neuer Begleiter los. Verdammt! Ich habe vergessen, ihn vor der Stunde auszuschalten! Jetzt bereue ich es, dass ich die Melodie von »Cheri Cheri Lady« als Klingelton eingestellt habe. Damals fand ich das lustig, weil meine Freundin ja auch Nora heißt. Okay, das versteht wohl nur jemand, der in den achtziger Jahren groß geworden ist…

Alle Köpfe drehen sich zu mir: »Ha, ha, ha!« Selbst Honecker grinst mich amüsiert an. Hätte gar nicht gedacht, dass der so viel Humor hat!

Ich könnte meinem neuen Begleiter die mit Platinen besetzte Gurgel umdrehen. Obwohl… eigentlich trifft ihn ja keine Schuld. Die Suppe habe ich mir selbst eingebrockt. Wie konnte ich nur das Handy vergessen? Und warum musste ich unbedingt einen so bescheuerten Klingelton einstellen? Ich Volltrottel!

Plötzlich sitze ich nicht mehr im Publikum, sondern befinde mich mitten auf der Bühne. Alle grinsen mich an. Das Rampenlicht brennt so heiß, dass mein Hals Feuer fängt. Die Flammen lodern immer höher und höher und entzünden meine Wangen. Glühende Asche segelt durch die Luft und versengt mir die Ohren. Ich werde knallrot! Puterrot! Pavianrot!

Dann entschuldige ich mich, trete auf den Flur und eile mit großen Schritten zum Klo. Dort suche ich mir eine halbwegs saubere Kabine, lasse mich auf dem Toilettendeckel nieder und spüre nach...

Das Feuer brennt immer noch lichterloh. Und etwas in mir versucht verzweifelt, den Brand zu löschen, und schleppt eimerweise Wasser heran:

»Kann doch jedem mal passieren. Ist doch gar nicht so schlimm«, sagt es.

Doch mein innerer Feuerwehrmann hat wohl die falschen Eimer erwischt und kippt statt Wasser Öl in die Flammen. Je mehr ich mich anstrenge, nicht rot zu werden, desto röter werde ich. Dampf schießt aus meinen Ohren! Gleich hebt meine Schädeldecke ab!

Volltrottel... Feuer... nicht so schlimm... Volltrottel... Feuer... nicht so schlimm... Volltrottel... Feuer... nicht so schlimm... In meinem Kopf dreht sich alles!

Dann sage ich »Stopp«, trete innerlich einen halben Schritt von dem ganzen Wirrwarr zurück und wende mich ihm dann zu – mit Entschlossenheit. Das bringt ein wenig frische Luft. Und die weht den Rauch hinfort, so dass ich wieder klar sehen kann.

Das Feuer brennt so heiß, dass es als Erstes meine Aufmerksamkeit braucht. Zunächst begrüße ich es:

»Hallo Feuer! Ich sehe, du bist da. Dort in meinem Hals, meinen Wangen und meinen Ohren. Ich spüre, wie heiß du brennst.«

Ich nehme mir Zeit nachzuspüren, wie es dem Feuer geht... welche Emotion in ihm steckt... Es ist... Schuld... Nein... Scham! Scham, das Handy vergessen zu haben! Scham, einen peinlichen Klingelton eingestellt zu haben! Voller Mitgefühl sage ich:

»Ich spüre, du schämst dich, das Handy vergessen und einen doofen Klingelton eingestellt zu haben. Ich spüre, wie du dich fühlst, und ich bin bei dir.«

Dadurch beruhigt es sich ein wenig. Die Flammen lodern nicht mehr ganz so hoch. Doch völlig erlöschen wollen sie nicht. Schamerfüllt lugt das Feuer zur Seite – in einen Bereich meiner selbst, der für mich in einem toten Winkel liegt. Da ist noch etwas... Ich weite mein inneres Blickfeld... Tatsächlich! Dort, am Rande meines Bewusstseins, steht etwas und schmeißt Molotowcocktails in Richtung Feuer. Hasserfüllt schreit es:

»Du Volltrottel! Wie konntest du nur so bescheuert sein? Ich wünschte, du wärest tot!«

Zischhhhhh, schon fliegt der nächste Brandsatz durch meinen inneren Raum und entfacht das Feuer erneut.

Als Nächstes wende ich mich dem Molotowcocktail-Werfer zu und begrüße auch ihn:

»Hallo! Ich sehe, du bist auch da!«

Anders als das Feuer hat er keinen Ort in meinem Körper. Trotzdem nehme ich ihn ganz deutlich wahr – dort irgendwo. Ich spüre seine Emotion... Er... hat Angst! Angst vor dem, der das Handy vergessen und den Klingelton eingestellt hat... Angst davor, dass der uns in Schwierigkeiten bringen könnte... Er möchte ihn am liebsten ausräuchern. Zischhhhh, schon fliegt wieder eine brennende Flasche durch die Luft.

Sanft sage ich zu ihm:

»Ich höre deine Angst, dass der andere uns in Schwierigkeiten bringt. Vielleicht möchtest du mir mitteilen, wovor genau du Angst hast? Was soll nicht passieren?«

»Dass die Schülerinnen und Schüler uns für einen Volltrottel halten! Dass sie uns nicht ernst nehmen!«, erwidert er.

»Ah«, spiegele ich ihm zurück, »du willst also nicht, dass die Schülerinnen und Schüler uns für einen Volltrottel halten und dass sie uns nicht ernst nehmen. Was willst du denn für uns? Was für ein Gefühl?«

»Das Gefühl, ernst genommen zu werden! Das Gefühl dazuzugehören!«

Als ich auch das zurücksage, entspannt sich der Molotowcocktail-Werfer und legt seine Wurfgeschosse beiseite. Das Feuer sieht das und beruhigt sich dadurch noch mehr. Doch noch ist der Molotowcocktail-Werfer nicht dazu bereit, seine Rolle ganz aufzugeben.

Als Letztes wende ich mich dem Feuerwehrmann zu, der so eifrig versucht hat, den Brand zu löschen... Nein... Er hat nicht versucht, den Brand zu löschen... Er hat versucht, den Molotowcocktail-Werfer unschädlich zu machen, woraufhin sich dieser bedroht gefühlt und seine Anstrengungen verdoppelt hat. Aus Sicht des Feuerwehrmanns ist der Molotowcocktail-Werfer der Bösewicht, nicht das Feuer. Den gilt es zu bekämpfen. Der Feuerwehrmann macht sich große Sorgen, dass durch die Attacken irreparable Schäden entstehen könnten. Deshalb will er beschwichtigen und sagt Dinge wie: »Ist doch gar nicht so schlimm!«

Als der Feuerwehrmann sich gesehen und verstanden fühlt, stellt auch er seine Eimer ab und setzt sich erschöpft auf den Boden. Daraufhin fühlt der Molotowcocktail-Werfer, der längst keiner mehr ist, sich nicht länger in seiner Existenz bedroht und verabschiedet sich. Nun erstickt auch die letzte Flamme.

Erleichtert kehre ich zurück in den Klassenraum und setze mich auf meinen Stuhl. Alle Köpfe haben sich inzwischen nach vorne gedreht und ich befinde mich wieder im Publikum.

Inneren Konflikten liegt häufig genau diese Dynamik zugrunde: Etwas in unserem Inneren veranlasst uns dazu, eine Handlung vorzunehmen (Klingelton einstellen) oder zu unterlassen (Handy ausschalten) oder etwas zu denken oder zu fühlen (der Klingelton ist lustig). Dadurch wird ein zweites Etwas auf den Plan gerufen (Molotowcocktail-Werfer), das das erste bekämpfen will, weil es Angst hat, dass jenes uns in Schwierigkeiten bringt. Und manchmal, nicht immer, meldet sich dann ein drittes Etwas (Feuerwehrmann), das sich gegen das zweite wendet, welches aus seiner Sicht das eigentliche Problem ist.

Ein weiteres Beispiel: Viele Menschen glauben, dass sie einen »inneren Saboteur« haben. Etwas in ihnen verspürt den Wunsch, eine bestimmte Handlung auszuführen, vielleicht eine neue Sprache zu lernen (erstes Etwas). Dann meldet sich ein zweites Etwas und sagt Dinge wie: »Das schaffst du doch nie!« Tatsächlich handelt es sich dabei weder um eine Prophezeiung zukünftigen Scheiterns noch um einen inneren Sabotageakt, sondern vielmehr um eine Sorge, was möglicherweise passieren könnte. Wenn wir nicht bemerken, dass es sich eigentlich um eine Sorge handelt, und das zweite Etwas so behandeln, als könne es die Zukunft vorhersehen oder wolle uns sabotieren, bleiben wir stecken und entwickeln uns nicht weiter.

Das entwertende Etikett »innerer Saboteur« weist darüber hinaus darauf hin, dass es noch einen weiteren Mitspieler gibt, ein drittes Etwas, das das, was sagt »Das schaffst du doch nie!«, als »Saboteur« bezeichnet und es ändern oder loswerden möchte. Dieses dritte Etwas ist besorgt über das zweite Etwas und auch diese Sorge muss gehört werden, wenn es im Leben vorangehen soll.

Bei der Lösung innerer Konflikte ist es also entscheidend, dass alle Charaktere des inneren Dramas eingeladen werden, die Bühne unseres Bewusstseins zu betreten. Erst wenn wir sie alle begrüßen und das Scheinwerferlicht unserer Aufmerksamkeit auf sie richten, so dass sie uns mitteilen können, was sie uns zu sagen haben, kann sich eine tragfähige Lösung entwickeln. Übersehen wir jedoch einen Mitspieler hinter dem Vorhang, wird dieser aus dem Hintergrund die Vorstellung stören und »Sabotageakte« begehen.

Natürlich ist das alles viel leichter gesagt als getan. Damit wirklich alle Beteiligten gesehen werden und zu Wort kommen können, braucht es manchmal die Hilfe anderer Menschen...

In der großen Pause schaue ich auf das Display meines neuen Begleiters: ein entgangener Anruf von Nora. Ich rufe zurück.

»Hi Karl! Wollte nur mal hören, wie es sich so anfühlt, Lehrer zu sein«, erklärt sie unschuldig.

Seitdem wir gemeinsam aus Spanien zurückgekehrt sind, um hier in Deutschland unser Glück zu finden, führen wir eine Wochenendbeziehung. Ich lebe unweit des altehrwürdigen Descartes-Gymnasiums in einer kleinen Wohnung, die die Form eines L hat. Am oberen Ende liegt ein winziges Schlaf-zimmer, in das gerade einmal unser Bett passt. Davor, an einem schmalen Flur wie Perlen aufgereiht, Wohn-zimmer, Küche und Bad. Die Eingangstür befindet sich genau da, wo der lange Balken des L auf den kur-zen trifft. Rechts davon mein Arbeitszimmer. Alles in allem ein Riesenluxus im Vergleich zu meiner Ein-Zimmer-Wohnung mit Blick auf die graue Wand des Hinterhofs im Zentrum Madrids.

Nora wohnt zur Untermiete etwa 90 Kilometer ent-fernt. Dort hat sie eine Anstellung als Spanischlehre-rin an einer privaten Sprachschule gefunden und ver-dient deutlich mehr Geld als ich. Die Wochenenden verbringen wir gemeinsam in unserem L und machen es uns gemütlich. In der Woche habe ich also sturm-freie Bude und freitags heißt es: Wohin mit all den Pizzakartons?

~

Lektion 2:

Alle Beteiligten eines inneren Konflikts müssen gese-hen und voneinander getrennt werden. Das können wir tun, indem wir uns ihnen nacheinander zuwenden und jedem einzelnen »Hallo« sagen.

Kapitel 3

~

»Wirklichkeit« und die ganzheitliche Resonanz des Körpers

Heute veranstalte ich meinen ersten Unterrichtsbesuch. Ich habe meine Deutsch-Fachleiterin eingeladen, eine Stunde von mir zu begutachten. Am Ende des Referendariats fließen die Beurteilungen der Fachleiter maßgeblich in die Examensnote mit ein. Deshalb stehen wir Referendare ständig unter Druck, ein didaktisches Feuerwerk abzubrennen. Manchmal geht der Schuss dann aber nach hinten los. Entweder fliegt einem das Feuerwerk um die Ohren, weil das Schwarzpulvergemisch nicht gestimmt hat, oder es zündet erst gar nicht und endet als Rohrkrepierer, weil man irgendeine Ingredienz vergessen hat. Nicht ungefährlich!

Was die Besuche darüber hinaus ganz besonders unangenehm macht, ist die Doppelrolle, die man spielt. Für die Schüler ist man der Lehrer, der kraft seines Amtes vormittags Recht hat und nachmittags frei. Und für die Fachleiter ist man der Schüler, der von Natur aus noch einen weiten Weg vor sich hat. Erst darf man also selbst auf dem hohen Ross durch den Klassenraum reiten und alles umnieten, was einem nicht in den Kram passt, und anschließend, bei der Nachbesprechung, wird man, wenn man Pech hat, vom hohen Ross eines anderen niedergetrampelt. Okay, vielleicht übertreibe ich ein bisschen. Ist aber gar nicht so ganz einfach, die beiden Rollen unter einen Hut zu bekommen.

Wie man so hört, sind die Nachbesprechungen oft auch hilfreich und unterstützend. Ohne sie geht es halt nicht. Und außerdem gibt es ja tatsächlich Lehrerinnen und Lehrer, die besser schon im Referendariat unter die Hufe gekommen wären, weil sie die Alchemie guten Unterrichts nicht verstehen. Viele Lehrkräfte unterschätzen völlig, wie sehr sich die Qualität ihrer Stunden auf die Entwicklung der Schülerinnen und Schüler auswirkt. Wir haben durchaus einen großen Einfluss darauf, ob unter unserer Obhut mündige Bürgerinnen und Bürger heranwachsen, die sich aktiv und kreativ mit dem Spiel des Lebens auseinandersetzen, oder stumpfe Vollpfosten, die lediglich vom Spielfeldrand aus zuschauen, wie die anderen das Spiel machen.

Etwas zitterig stehe ich vorm Lehrerzimmer und blicke auf meine Uhr. Kurz vor zehn. Plötzlich tippt mir jemand auf die Schulter. Erschrocken fahre ich herum. Hinter mir steht meine Fachleiterin, eine charmante, rothaarige Dame mittleren Alters mit einer Frisur wie Margaret Thatcher, und blickt mich stumm mit großen Augen an. Verdammt, wo kommt die denn auf einmal her? Habe sie gar nicht kommen sehen!

Gemeinsam mit Honecker gehen wir in den Klassenraum, in dem der Besuch stattfindet. Ich habe seinen Deutschkurs für meine erste Unterrichtsprobe auserkoren. Über den Vorfall mit dem Handy ist längst Gras gewachsen und inzwischen habe ich meinem neuen Begleiter verziehen.

Diesmal bin ich es, der vorne am Pult stehen bleibt. Während ich meine Materialien ausbreite, suchen sich Thatcher und Honecker hinten ein lauschiges Plätzchen. Entspannt streckt Honecker die Beine aus, lehnt sich bequem zurück und zwinkert mir grinsend zu.

Der Mann hat ja tatsächlich mehr Humor, als ich dachte! Fehlt nur noch, dass sein Handy läutet.

Stattdessen läutet die Schulglocke und ich eröffne die Stunde. Im Augenblick lesen wir *Das Tagebuch der Anne Frank*. Eine wirklich wichtige Lektüre, wie ich finde, denn durch den Einblick in Annes Seelenleben, den die Tagebucheinträge gewähren, bekommt man den Hauch einer Ahnung davon, wie schrecklich der Holocaust gewesen sein muss. Anne, ein ganz normales pubertierendes Mädchen, mit ganz normalen Wünschen und ganz normalen Fantasien, wird daran gehindert, ein ganz normales Leben zu führen. Anstatt in die Schule zu gehen und mit Jungs zu flirten, versteckt sie sich in der Prinsengracht 263 im Zentrum Amsterdams vor den Häschern der Nazis. Später wird sie entdeckt und stirbt jämmerlich im Konzentrationslager Bergen-Belsen.

Ich überlege: Ist nicht genau das der Sinn der Literatur? Einblick zu erhalten in die Gedanken und Gefühle anderer Menschen und ein Gespür dafür zu entwickeln, wie das Leben auch anders sein könnte? Wo erfährt man denn sonst, was wirklich in den Menschen vorgeht? Ich bin felsenfest davon überzeugt, dass fiktionale Literatur nicht nur einen ganz entscheidenden Beitrag zur Bildung leistet, sondern auch zur Empathie-»Bildung«. Außerdem ermöglicht uns die Auseinandersetzung mit alternativen Lebensentwürfen, Erfahrungen zu machen, die unser eigenes Leben nicht für uns bereithält. Und das kann enorm horizonterweiternd sein.

Doch wie arbeiten wir in der Schule mit der Literatur? Statt eine persönliche Auseinandersetzung anzuregen, analysieren wir die äußere Form und zerbrechen uns den Kopf darüber, was der Autor hat sagen wollen. Vor allem die elende Analysiererei zerstört echt den Spaß am Lesen. Und der ist ja wohl ein weiterer Sinn der Literatur. Manchmal tut es schlicht und ergreifend gut, der eigenen Realität zu entfliehen und

Zuflucht zu suchen in einer fiktionalen Welt, die mit dem eigenen Leben nichts zu tun hat. »Urlaub von mir selbst« nenne ich das. Danach kehre ich erholt in den Alltag zurück.

Die Stunde heute läuft prima. Die Schülerinnen und Schüler sind ganz bei der Sache und schreiben mit großem Eifer und Engagement einen Brief an Anne, in dem sie ihr mitteilen, was ihr Schicksal in ihnen auslöst. Honecker nickt mir immer wieder anerkennend zu.

Dann schellt es erneut und es ist geschafft! Hoch erhobenen Hauptes gehe ich in den Nebenraum zur Nachbesprechung. Honecker begleitet mich und klopft mir dabei väterlich auf die Schulter. Wir nehmen Platz und Thatcher beginnt:

»Δασ ωαρ φα ωοηλ ϖ)λλιγ δανεβεν! Δα ιστ νοχη σ εηρ ϖιελ Σανδ ιμ Γετριεβε«, erklärt sie.

»Häää?«

»Σιε μ]σσεν ϖερστεηεν. Εσ γιβτ νυρ εινε Αρτ, ριχη τιγ ζυ υντερριχητεν: μεινε Αρτ. Εντωεδερ ηαλτεν Σιε σ ιχη δαραν, οδερ Σιε βεκομμεν Σχηωιεριγκειτεν«, fügt sie trocken hinzu.

Eine halbe Stunde geht das so weiter und ich verstehe nur Bahnhof. Allmählich schwant mir jedoch, dass sie die Stunde nicht so toll fand. Ich bin wie vom Donner gerührt! Auch Honecker blickt irritiert aus der Wäsche. Dann steht Thatcher auf und geht.

Völlig benommen bleibe ich sitzen. Honecker leistet mir Gesellschaft und schüttelt ungläubig den Kopf. Jetzt tut es mir leid, dass ich ihn »Honecker« getauft habe. Ist echt ein netter Kerl!

Zuhause angekommen, lasse ich mich im Wohnzimmer in meinen Lieblingssessel plumpsen, ein Erbstück meiner verstorbenen Oma, über das ich eine rote Decke geworfen habe, um das Omagrau zu verbergen. Hier bin ich ganz bei mir selbst...

26

Was war denn das heute? Kann mich mein eigenes Gefühl über die Stunde so täuschen? Ich fühle mich wie ein begossener Pudel, der es nicht fassen kann, dass ihn sein Herrchen kopfüber in einen eisigen Teich geschmissen hat. Ich spüre die Kälte in Händen und Füßen...

Ein paar Mal schüttele ich mich, um mein nasses Fell zu trocknen... Dadurch löst sich die Schockstarre ein wenig... In meinem Bauch keimt Wut auf... Wie frische, glühende Lava, die altes, verhärtetes Lavagestein zur Seite schiebt... Allmählich wird mir wärmer... Ich lasse dem Lavastrom in meinem Bauch freien Lauf und folge ihm eine Weile... Die Wut weitet sich zu einem heiligen Zorn, der wie eine Aura meinen ganzen Körper umhüllt... Nichts stellt sich in den Weg... Da ist kein innerer Konflikt... Nur der heilige Zorn... Fühlt sich gut an...

Ich könnte die Alte in den Lavastrom schubsen... Oder, besser gesagt, in den Ofen, während sie sich rechthaberisch vorbeugt, um mir zu zeigen, wie man richtig Feuer macht... Langsam, im Zeitlupentempo, führe ich die Schubs-Bewegung aus... Und langsam, ganz allmählich, ebbt die lavaartige Aura ab...

Ich habe gelernt, Empfindungen wie Wut da sein zu lassen und ihnen Raum zu geben, damit sie sich zu einem ganzheitlichen Körpergefühl weiten können. Dieses Körpergefühl (heiliger Zorn) ist alles zugleich: Körperempfindung (etwas im Bauch/Aura wie eine Hülle um meinen Körper), Emotion (Wut), inneres Bild (vom Lavastrom), Worte (»heiliger Zorn«) und Bewegungsimpuls (schubsen).

Die meisten Menschen versuchen, unangenehme Gefühle wegzudrücken und sich abzulenken. Doch das funktioniert nicht. Das Gefühl ist dann oft trotzdem noch da, auf körperlicher Ebene, und richtet aus dem Verborgenen heraus allerlei Unheil an. Zum Beispiel, indem es uns zu impulsiven Handlungen verleitet, die wir anschließend bereuen. Oder das verdrängte Gefühl schickt uns Symptome, die wir als Krankheit missverstehen.

Alles, was in uns vorgeht, will wahrgenommen und gesehen werden! Der Grund dafür ist ein ganz einfacher: Wir Menschen sind untrennbar mit unserer Umwelt verbunden, mit der Wirklichkeit um uns herum. Wir sind Teil der Wirklichkeit und der Lebenssituationen, in denen wir uns befinden. Und diese sind in uns in Form einer körperlich spürbaren Resonanz auf diese Wirklichkeit und auf diese Situationen – ob wir das wollen oder nicht. Mit anderen Worten: Der Mensch IST seine Umwelt. Mensch und Umwelt sind EIN Prozess. Erst vor ganz Kurzem habe ich das verstanden...

Die Wirklichkeit kriecht uns also unter die Haut und verändert uns, ohne dass wir das verhindern könnten. Wenn wir uns dem öffnen und uns unserer inneren Resonanz zuwenden, können wir sie als Kompass nutzen, der uns durchs Leben navigiert. Denn diese ganzheitliche Resonanz aus Körperempfindungen, Emotionen, Gedanken, inneren Bildern und Bewegungsimpulsen will unser Überleben sichern und unsere Entwicklung vorantreiben. Weil sie untrennbar mit der Umwelt verbunden ist, weiß sie, was wir von dieser brauchen. Sie zeigt uns, was falsch für uns ist, und weist uns in die richtige Richtung. Ignorieren wir sie, verlieren wir die Verbindung zu uns selbst und damit zum Leben.

Epiktet erkannte also nur einen Teil der Wahrheit, als er sagte: »Nicht die Dinge beunruhigen die Menschen, sondern ihre Meinungen über die Dinge.« Diese viel zitierte Aussage trifft es nicht. Natürlich spielt es eine wichtige Rolle, wie wir zu den Dingen in Beziehung treten. Je nachdem, wie wir auf sie zugehen, verändern sie sich. Die Dinge wirken sich ihrerseits aber auch auf uns aus – eben weil die Dinge und wir EIN Prozess sind. Und wenn wir die Auswirkungen nicht wahrnehmen können oder wollen, sind wir verraten und verkauft.

Ein Beispiel: Angenommen, eine Person hat keinen ausreichenden Zugang zu Nahrung. Diese Tatsache wird eine Resonanz in ihr hervorrufen – ob sie will oder nicht. Wenn die Person diese Resonanz ernst nimmt und sich ihr zuwendet, fällt ihr vielleicht etwas ein, das sie tun könnte, um Nahrung zu beschaffen. Wäre sie jedoch der Auffassung, dass nicht der Nahrungsmangel selbst, sondern ihre Meinung darüber das Problem sei, würde sie möglicherweise untätig bleiben und verhungern. Denn Mensch und Nahrung sind ein Prozess und wenn dieser Prozess unterbrochen wird, hat das fatale Folgen.

Vermutlich würde es im oben genannten Beispiel nicht so weit kommen. Die Person würde sich sehr wahrscheinlich auf die Suche nach Nahrung begeben, da wir in der Regel unserem Körper trauen, was unser Hungergefühl betrifft. Bei vielen anderen Gefühlen ist das leider nicht der Fall...

Mit anderen Worten: Unsere innere körperliche Resonanz auf die äußere Wirklichkeit sichert unser Überleben und unsere Entwicklung. Erst wenn wir die Existenz einer Wirklichkeit anerkennen, die sich auch außerhalb unserer selbst befindet, und uns dem zuwenden, was sie in uns auslöst, sind wir ganz Mensch. Erst dann können wir das Ruder in die Hand nehmen und mit unserer äußeren und inneren Wirklichkeit auf eine Art und Weise interagieren, die unserer Sicherheit und unserem Wachstum dient. Ohne die Annahme einer Wirklichkeit da draußen, die auf uns einwirkt, geht es einfach nicht.

Unsere ganzheitliche, körperlich spürbare Resonanz auf Lebenssituationen kann aber auch zersplittern. Wenn das geschieht, entstehen das erste, das zweite und möglicherweise das dritte Etwas, von denen zuvor die Rede war. Später dazu mehr...

Der heilige Zorn heute über die ungerechte Be-
handlung kam also aus einem guten Grund: Er ist die
Antwort meines Körpers auf das, was mir widerfahren
ist! Er gibt mir die Kraft zu kämpfen!

~

Lektion 3:

Die ganzheitliche Resonanz unseres Körpers auf Lebenssituationen ist vertrauenswürdig. Sie ist der
Kompass, der uns durchs Leben navigiert.

Kapitel 4

~

Trauma – die Zersplitterung der Ganzheit

Dienstag, 11. September. Das schrille Läuten des Weckers reißt mich aus einem bösen Traum. Es ist genau 15:30 Uhr. Widerwillig beende ich meine tägliche Siesta.

Ich tapse schlaftrunken in die Küche und koche mir einen starken Kaffee. Keine Erinnerung an den Traum. Nur ein unguter Nachhall in der Magengrube. Verschwindet bestimmt, wenn ich den ersten Schluck getrunken habe.

Auf dem Weg durchs Wohnzimmer schalte ich den Fernseher an, sonst fühle ich mich so alleine in der Wohnung. Die Stimmen im Hintergrund beruhigen mich irgendwie.

Gähnend lasse ich mich am Esstisch nieder, dort habe ich das meiste Tageslicht, und blättere durch meine Unterlagen. In einer Woche steht der nächste Unterrichtsbesuch von Thatcher an. Donnernd klingt mir ihr Urteil über meine letzte Stunde in den Ohren:

»Δασ ωαρ φα ωοηλ ωιεδερ εινμαλ δασ Ηιντερλετζ τε!«

»Das muss jetzt echt einmal besser werden! Ich muss mir einfach noch mehr Mühe geben!«, sagt etwas in mir und flattert dabei aufgeregt mit den Flügeln. Und etwas in mir kocht vor Zorn. Beides ist da. »Hallo! Hallo!«

Im Augenblick behandeln wir Balladen in meinem BdU in der 7. Klasse. Macht wirklich Spaß! Balladen sind eine Gedichtform, mit der man heutzutage noch Schülerinnen und Schüler vom Computer weglocken kann, da viele Balladen kleine, spannende Geschichten erzählen.

Für meine Besuchsstunde habe ich mir »Nis Randers« von Otto Ernst ausgesucht. Keine Ahnung, warum. Spricht mich irgendwie an. Und das ist eine Voraussetzung dafür, dass der Funke auch auf die Schülerinnen und Schüler überspringt. Mal sehen, was man mit dem Text machen kann. Am besten lese ich ihn mir erst einmal laut vor:

»Krachen und Heulen und berstende Nacht, Dunkel und Flammen in rasender Jagd – ein Schrei durch die Brandung!« Fängt ja gut an. Ich trinke den ersten Schluck Kaffee...

»Das Echo der Sirenen hallt durch die Straßenschluchten. Es regnet Papier...«, erklärt die Nachrichtensprecherin im Hintergrund...

»Und brennt der Himmel, so sieht man's gut. Ein Wrack auf der Sandbank! Noch wiegt es die Flut; gleich holt sich's der Abgrund«, lese ich weiter.

»Dunkle Rauchschwaden dringen aus den klaffenden Löchern in der Fassade und verfinstern den strahlend blauen Himmel«, kommt es vom Fernseher. Ahhh... Der Kaffee tut gut...

»Nis Randers lugt – und ohne Hast spricht er: Da hängt noch ein Mann im Mast; wir müssen ihn holen.«

»In den Etagen darüber stehen Menschen an den Fenstern und winken verzweifelt mit weißen Tüchern...« Langsam verfliegt die Müdigkeit ein wenig. Vielleicht sollte ich doch den Fernseher ausschalten. Das Gequatsche nervt...

»Da fasst ihn die Mutter: Du steigst mir nicht ein! Dich will ich behalten, du bliebst mir allein, ich will's, deine Mutter! Dein Vater ging unter und Momme, mein Sohn; drei Jahre verschollen ist Uwe schon, mein Uwe, mein Uwe! Nis tritt auf die Brücke. Die Mutter ihm nach! Er weist nach dem Wrack und spricht gemach: Und seine Mutter? Nun springt er ins Boot und mit ihm noch sechs: hohes, hartes Friesengewächs; schon sausen die Ruder. Boot oben, Boot unten, ein Höllentanz! Nun muss es zerschmettern...! Nein, es blieb ganz...! Wie lange? Wie lange?«

»Ein weiterer Löschzug erreicht das Inferno. Die Männer springen aus dem Fahrzeug und stürmen in voller Montur ins Gebäude...« Seltsam...

»Mit feurigen Geißeln peitscht das Meer die menschenfressenden Rosse daher; sie schnauben und schäumen. Wie hechelnde Hast sie zusammenzwingt! Eins auf den Nacken des anderen springt mit stampfenden Hufen!«

»Das Chaos ist unbeschreiblich! Der Rauch wird immer dichter! Nun sackt die Spitze des Turms ab...« Schleichend kehrt das ungute Gefühl in die Magengrube zurück...

»Drei Wetter zusammen! Nun brennt die Welt!«

»Oh mein Gott! Er stürzt ein... Er bricht einfach in sich zusammen... Ein Atompilz aus Staub und Asche steigt auf und rollt durch die Straßen... Menschen fliehen in alle Himmelsrichtungen...« Das Gekreische im Fernsehen nervt jetzt echt. Worüber reden die da eigentlich...?

»Was da? – ein Boot, das landwärts hält – sie sind es! Sie kommen! Und Auge und Ohr ins Dunkel gespannt... Still – ruft da nicht einer? – Er schreit's durch die Hand: Sagt Mutter, 's Uwe!«

»Rußverschmiert tritt ein einzelner Feuerwehrmann aus der Wolke. Er trägt eine alte Frau in den Armen...« Das ungute Gefühl im Magen wird jetzt unerträglich... Moment mal... Irgendetwas stimmt hier doch nicht...

Plötzlich bin ich hellwach und starre ungläubig auf den Bildschirm. Eine eiskalte Hand liebkost sanft meinen Rücken.

Zitternd greife ich zum Telefonhörer und rufe Nora an:

»Schalte mal den Fernseher ein!«, krächze ich.

»Ich weiß!«, schreit Nora. »Kommst du?«

Ich springe in meinen Wagen, einen alten VW-Golf, und brause los. Auf den Straßen gespenstige Stille. Im Radio traurige Musik. Unbarmherzig krallt sich die kalte Hand in meinen Rücken.

Den ganzen Abend verfolgen Nora und ich atemlos die Berichterstattung. Ein Mann mit staubüberzogenem Anzug und einer rötlich braunen Aktentasche, die nicht so recht zu ihm passt, erzählt mit seltsam gefasster Stimme im Interview:

»Mein Büro wurde durch den Einschlag total verwüstet. Als ich meinen Kollegen mit offenen Augen tot auf seinem Schreibtischstuhl sitzen sah, wollte ich nur noch raus da. Doch das Treppenhaus war völlig verstopft. Überall Menschen und Trümmer... Also musste ich im Gänsemarsch hinabsteigen, Stufe für Stufe. Immer wieder musste ich stehenbleiben und warten, bis es weiterging. Ich habe gerade noch die Straße erreicht, bevor um mich herum die Hölle losbrach...«

Die eiskalte Hand in meinem Rücken greift nun unerbittlich nach meinem Herzen. Ein Schauer durchfährt mich. Das ist das Rezept für ein Trauma – nicht nur für ein großes, wie dieses, sondern auch für ein kleines, alltägliches:

Wenn wir mit einer Situation konfrontiert werden, die wir bewältigen müssen, aber nicht können, weil uns die inneren und/oder äußeren Ressourcen fehlen, wenn der nächste Lebensschritt, den unsere ganzheitliche körperliche Resonanz impliziert, nicht stattfinden kann (im Beispiel oben die rasche Flucht aus einer bedrohlichen Situation), zersplittert die Ganzheit. Es ist so, als würde ein riesiger Felsbrocken in den Fluss

34

unseres Lebens kullern und verhindern, dass er seinem vorgesehenen Lauf folgen kann. Das Wasser staut sich, bis der Druck zu groß wird, und schließlich bilden sich Seitenströme, damit es irgendwie weitergeht.

Auf diese Weise entstehen das erste, das zweite und eventuell das dritte Etwas, von denen zuvor die Rede war. Jedes enthält einen Teil unseres Lebensflusses, unserer Lebensenergie. Von nun an ist der Fluss jedoch gespalten. Jeder Seitenarm folgt seinem eigenen Weg. Jedes Etwas hat seine eigenen Ziele. Und dadurch entstehen innere Konflikte.

Ich male mir aus, was das für den Mann mit der rötlich braunen Aktentasche bedeuten könnte: Er wollte einfach nur da raus. Doch dann erkannte er, dass das Treppenhaus verstopft war. Vermutlich hat dann etwas in ihm den Fluchtimpuls unterdrückt und – mit erstaunlich gefasster Stimme – gesagt: »Jetzt bloß die Ruhe bewahren und Stufe für Stufe nehmen! Bloß keine Panik kriegen und einfach losrennen!« Und das hat ihm wahrscheinlich das Leben gerettet. Andere haben den Kopf verloren. Niemals werde ich den Moment vergessen, als mir bewusst wurde, dass die kleinen bunten Partikel, die sich aus der Fassade des Turmes lösten und hinabsegelten, Menschen waren, die aus den Fenstern sprangen...

Natürlich weiß ich nicht ganz genau, ob es wirklich so in dem Mann mit der Aktentasche aussieht. Falls ja, hoffe ich, dass er jemanden findet, der ihm dabei hilft, die einzelnen Teile in ihre Ganzheit zurückzuführen. Ansonsten bleibt die Spaltung erhalten. Etwas, das fliehen will, und etwas, das Ruhe bewahren will...

Ich bin froh, dass ich heute nicht alleine einschlafen muss. Morgen früh werde ich in einer anderen, einer neuen Welt aufwachen.

~

Die ganzheitliche Resonanz unseres Körpers kann
zersplittern, wenn unser Lebensfluss daran gehindert
wird, seinem Lauf zu folgen. Jeder der dadurch entstehenden Seitenströme – das erste, das zweite und
eventuell das dritte Etwas – enthält einen Teil unserer
Lebensenergie.

Kapitel 5

~

Zurück zur Ganzheit

Inzwischen sind Wochen vergangen. Es ist 5:30 Uhr morgens und ich erwache von ganz alleine – noch bevor der Wecker die Gelegenheit bekommt, sein unheiliges Werk zu verrichten. Noch bleibt mir ein wenig Zeit. Und noch ist mein Bewusstsein auf der anderen Seite... Ein warmes, geborgenes Gefühl... Doch allmählich kehre ich zurück in die Wirklichkeit. Es ist, als würde ein kleiner blauer Fleck am Himmel, durch den gerade noch Sonnenstrahlen gefallen sind, von einer grauen Decke aus Regenwolken zurückerobert. Eine bleierne Schwere legt sich über mich. Besser schnell aufstehen, bevor mich die Schwere den ganzen Tag im Bett hält.

Die äußere Welt hat sich verändert. Unsicherheit und Angst regieren. Und in meiner inneren Welt sieht es nicht viel besser aus. Mit der Balladenstunde habe ich Schiffbruch erlitten – genau wie Uwe. Leider ist niemand gekommen, um mich zu retten. Ich selbst fand die Stunde eigentlich ganz gut. Doch Thatchers vernichtendes Urteil:

»Δασ ωαρ φα ωοηλ ωιεδερ εινμαλ νιχητσ!«

Ich schlüpfe in die Klamotten, die verstreut auf dem Boden liegen, und fahre zum altehrwürdigen Descartes-Gymnasium. Im Lehrerzimmer latsche ich schnurstracks zur Kaffeeküche. Die Schwere lastet mir auf den Schultern wie eine Bleischürze, die man vor dem Röntgen beim Zahnarzt umlegt. Nur, dass man beim Zahnarzt mehr Lebensfreude empfindet als ich im Referendariat. Während ich Kaffeepulver in einen Mehrwegfilter schaufele, der mich an eine alte Socke von meiner Oma erinnert, spricht mich Ulbricht von hinten an:

»Karl, kommen Sie in der großen Pause doch mal zu mir in mein Büro. Ich muss mal mit Ihnen sprechen.«

Oje, eine Privataudienz beim Chef! Was der wohl von mir will?

Völlig verkrampft unterrichte ich die ersten beiden Stunden und hülle mich dabei in meine Bleischürze, als wäre sie eine kugelsichere Weste. Dann kommt die große Pause und ich klopfe zitternd an Ulbrichts Tür. Er ruft mich herein und fordert mich freundlich auf, ihm gegenüber an seinem Schreibtisch Platz zu nehmen. Sein sanfter Blick... Diese sanften Augen... Mir wird klar: Es droht keine Gefahr.

»Mit Ihrer Fachleiterin läuft es nicht so gut, habe ich gehört. Das ist noch eine vom alten Schlag. Eine ganz Konservative. Kaufen Sie sich doch mal was Schickes zum Anziehen. Sie sind doch ein schicker junger Mann. Nicht immer so zerknitterte Kapuzenpullis. Vielleicht läuft es dann besser.«

Etwas verdattert bedanke ich mich, stehe auf und nehme Kurs aufs Lehrerzimmer. Jetzt brauche ich erst einmal einen starken Kaffee. Möglicherweise hat er ja Recht? Die Bleischürze zieht mich nicht mehr ganz so stark herunter. Vielleicht kann ich sie gegen etwas Schickes eintauschen?

Nach der Schule fahre ich direkt in die Innenstadt und betrete das erstbeste Modegeschäft. Mit schicken Sachen kenne ich mich leider gar nicht aus. Wie wäre es denn mit einem hellgrauen Jackett? Ich stöbere durch die Kleiderständer, bis ich eins in meiner Größe gefunden habe, das mir gefällt. Überrascht betrachte ich mich im Spiegel. Hm, gar nicht mal so übel! Jetzt noch einen Schlips. Vielleicht einen schwarzen? Den kann ich dann auch anziehen, wenn Beerdigung ist. Sonst brauche ich ja keinen. Außer für die Unterrichtsbesuche natürlich.

Kurz darauf stehe ich stolz mit meiner Beute an der Kasse. Jetzt kann Thatcher kommen. Und ich begegne ihr als »schicker junger Mann«.

Genau sieben Tage später sitze ich mit meinem hellgrauen Jackett und meinem schwarzen Schlips am Pult und frage mich, was Thatcher da hinten eigentlich kritzelt. Immer wieder schüttelt sie angewidert den Kopf, während sie sich irgendwelche Notizen macht. Ich könnte aus der Haut fahren! Am liebsten würde ich ihr gehörig die Meinung geigen!

Dann nehme ich mir einen kleinen Moment Zeit, halte inne und spüre nach... Wut im Bauch... Wie ein Stechen... Es ist, als säße dort das berühmt berüchtigte Teufelchen, das mir mit seiner Forke in die Eingeweide pikst:

»Wie lange willst du dir Thatchers herablassendes Verhalten eigentlich noch gefallen lassen? Jetzt reicht es! Hier, nimm diese Mistgabel und zeig ihr, was eine Harke ist! Los, mach schon!«, kreischt es. Ich spüre eine Aktivierung in Armen und Beinen.

Gerade will ich aufspringen und nach hinten stürmen, als ich plötzlich Harfenmusik vernehme. Hä, wo kommt die denn auf einmal her? Ich spüre, dass etwas über meiner rechten Schulter schwebt. Wie ein Engelchen, das Harfe spielt, um mich von dem Teufelchen abzulenken:

»Das ist alles deine eigene Schuld. Du sagst doch selbst immer, wie charmant Thatcher ist. Und kompetent ist sie bestimmt auch. Du musst dich einfach noch mehr anstrengen, um sie zu verstehen«, fleht es.

Im Augenblick habe ich keine Zeit, mich mit den beiden zu beschäftigen. Schließlich befinde ich mich ja mitten im Unterricht. Also begrüße ich beide vorerst nur:

»Hallo Engelchen! Ich spüre, du bist da. Und hallo Teufelchen! Ich spüre, du bist auch da. Sobald ich Zeit habe, werde ich mich euch zuwenden. Jetzt geht es leider nicht.«

Den Rest der Stunde leiste ich den beiden mit einem kleinen Teil meines Bewusstseins Gesellschaft.

Die Nachbesprechung wird wie erwartet: »Σχηει⇓ε«, um Thatchers Formulierung zu verwenden. Als sie den Raum verlässt, bleibe ich regungslos sitzen. Dann erhebe ich mich und gehe wie in Trance ins Lehrerzimmer.

Dort wartet schon Honecker auf mich und fragt voller Anteilnahme: »Und, wie war's?«

Gerade will ich loslegen und ihm von dem Teufelchen in meinem Bauch erzählen, als plötzlich Harfenmusik erklingt... Das Engelchen braucht zuerst Aufmerksamkeit!

Ich erzähle Honecker alles. Ich erzähle ihm, was mir das Engelchen ins Ohr flüstert. Und er hört mir zu. Und ich höre dem Engelchen zu: Es hat Angst, dass das Teufelchen seinen Willen bekommt und dann außer Kontrolle gerät. Es macht sich große Sorgen, was dann passiert, was geschieht, wenn ich die Wut tatsächlich auslebe. Es will nicht, dass ich in Schwierigkeiten gerate und verstoßen werde. Es will, dass ich anerkannt werde und dazugehöre. Honecker versteht das und ich verstehe das Engelchen.

Als es sich gehört fühlt, nimmt es seine Harfe, tritt zur Seite und gibt den Weg zum Teufelchen frei.

Auch das Teufelchen hat viel zu erzählen. Honecker und ich lauschen gebannt: Es erzählt, wie ohnmächtig es sich fühlt und wie wütend es ist. So geht es einfach nicht weiter! Gleichgültig, wie sehr ich mich anstrenge, egal, was ich mache, immer hat Thatcher etwas zu meckern. Nie werde ich bei ihr auf einen grünen Zweig kommen. Zu unterschiedlich sind die Sprachen, die wir sprechen. Wir verstehen uns einfach nicht. Am liebsten würde ich die Alte auf den Mond schießen. Aber das kann ich dem Mann im Mond nicht antun. Und wenn ich selbst zum Mond reise? Der Abstand ist dann ja derselbe. Der Mann im Mond und ich – wir kommen bestimmt gut miteinander aus... Hm... Ja, genau! Das ist es! Ich muss weg hier... Weg von Thatcher...

Nun hat das Teufelchen sein Pulver verschossen und alles gesagt. Honecker hat mich gehört und ich habe das Teufelchen gehört. Und inzwischen ist es kein Teufelchen mehr... Eher wie eine warme Energie, die meinen Körper durchströmt...

Als das Engelchen das sieht, springt es samt Harfe in den Strom und löst sich darin auf... Noch mehr Energie... Kein Felsbrocken mehr... Nur noch freier Fluss... Ich muss weg hier...

Abends lasse ich mich erschöpft in meinen Sessel fallen und spüre nach, wie ich jetzt am besten vorgehe. Da schellt das Telefon. Nora. Im Moment ist sie zu Besuch bei ihren Eltern in Spanien.

»Hi Karl! Wie war der Unterrichtsbesuch heute?«

»Bescheiden, so wie immer. Und wie sieht's bei dir aus?«

»Gut. Ach, übrigens... Ich bin schwanger!«

»Toll! Herzlichen Glückwunsch!« Äh... Moment mal...

Auf einmal wird mir schwindelig. Schnell erkläre ich Nora, dass der Wasserkocher pfeift und dass ich gleich zurückrufe. Dann lege ich auf.

Tiiiiief durchatmen! Gaaaaanz ruhig bleiben! Wie soll ich denn bloß...? Und ausgerechnet jetzt! Da kommt mir eine Idee...

~

<u>Lektion 5:</u>

Wenn wir uns unseren inneren Anteilen zuwenden und ihnen zuhören, bis sie sich voll und ganz verstanden fühlen, kehren sie in unsere Ganzheit zurück. Die Energie, die in ihnen gebunden war, steht uns dann wieder zur Verfügung. Häufig brauchen wir dazu das Verständnis anderer Menschen.

Kapitel 6

~

Das Ich

Mit einer dampfenden Tasse Tee in der Hand sitze ich am Fenster und blicke hinaus in die verschneite Welt. Ein Hauch von Orange liegt in der Luft. Das Abendrot schimmert durch die rieselnden Schneeflocken und taucht alles in ein zauberhaftes Dämmerlicht. Wie friedlich...

Seit zehn Monaten bin ich nun am Anne-Frank-Gymnasium des Ortes, an dem auch Nora arbeitet. Den Versetzungsantrag habe ich sofort gestellt, als wir die Schwangerschaft schwarz auf weiß hatten. Und dann ging alles ganz schnell.

Inzwischen neigt sich mein Referendariat dem Ende entgegen. Nur noch wenige Wochen. Alles, was ich anfasse, verwandelt sich in pures Gold. Na ja, manchmal auch in blankes Silber. Okay, ab und zu auch in solides Bronze. Aber unterm Strich eben doch in Silber. Wenn Thatcher das wüsste, würde es ihr wahrscheinlich die Sprache verschlagen. »Kein echter Verlust«, flüstert mir das Teufelchen ins Ohr.

Hier lebe ich in einem Land, dessen Mundart ich beherrsche und in dem ich verstanden werde. Wie subjektiv doch alles ist! Diese Erfahrung wird mich prägen...

Ich frage mich, wie ich all das nur so lange durchgehalten habe. Natürlich hatte ich Unterstützung – von Nora, von Honecker, von Ulbricht und von vielen anderen. Ein Quäntchen Glück war ganz sicher auch dabei.

Und dann ist da noch etwas: Das Bewusstsein eines Ichs, das Raum bietet, das der Raum ist, für alles, was in ihm vorgeht. Es handelt sich um das Ich in »Ich spüre...« und es ist immer da. Manchmal vergessen wir das nur.

Dieses Ich kann sich allem in ihm zuwenden, dem warmen Fluss im Bauch, dem Blitz, der in den Fluss einschlägt, dem Polster in der Brust, das vor Stolz schwillt, und auch dem, was das Polster misstrauisch von der Seite beäugt. Es kann sich dem Feuer zuwenden, das sich schämt, dem Molotowcocktail-Werfer, der Angst hat, dem Feuerwehrmann, der voller Sorge ist, dem wütenden Lavastrom, der eiskalten Hand und auch allen inneren Engelchen und Teufelchen. Allen kann es sagen: »Hallo, ich spüre, du bist da« und ihnen so lange zuhören, bis sie in unsere Ganzheit zurückkehren. Durch das Begrüßen und Zuhören wird das Ich immer größer und stärker.

Mit einem Mal ertönt Babygeschrei. Ich stelle die Teetasse ab und trete ans Himmelbettchen. Behutsam nehme ich das Kind auf den Arm und wiege es sanft, bis das Schreien in ein zufriedenes Gurgeln übergeht.

Mir wird bewusst: Ich bin hier!

~

Lektion 6:

Wir stärken unser Ich, wenn wir uns immer wieder allem zuwenden, was in uns vorgeht – auch dem, was sich der Zuwendung in den Weg stellt.

Zusammenfassung

Lektion 1:

Innere Konflikte sind ein Faktum des Lebens. Wir müssen uns ihnen entschlossen zuwenden, ohne sie zu verdrängen und ohne uns mit einer Seite zu identifizieren.

Lektion 2:

Alle Beteiligten eines inneren Konflikts müssen gesehen und voneinander getrennt werden. Das können wir tun, indem wir uns ihnen nacheinander zuwenden und jedem einzelnen »Hallo« sagen.

Lektion 3:

Die ganzheitliche Resonanz unseres Körpers auf Lebenssituationen ist vertrauenswürdig. Sie ist der Kompass, der uns durchs Leben navigiert.

Lektion 4:

Die ganzheitliche Resonanz unseres Körpers kann zersplittern, wenn unser Lebensfluss daran gehindert wird, seinem Lauf zu folgen. Jeder der dadurch entstehenden Seitenströme – das erste, das zweite und eventuell das dritte Etwas – enthält einen Teil unserer Lebensenergie.

Lektion 5:

Wenn wir uns unseren inneren Anteilen zuwenden und ihnen zuhören, bis sie sich voll und ganz verstanden fühlen, kehren sie in unsere Ganzheit zurück. Die Energie, die in ihnen gebunden war, steht uns dann wieder zur Verfügung. Häufig brauchen wir dazu das Verständnis anderer Menschen.

Lektion 6:

Wir stärken unser Ich, wenn wir uns immer wieder allem zuwenden, was in uns vorgeht – auch dem, was sich der Zuwendung in den Weg stellt.

Anhang

Danksagungen:

Bedanken möchte ich mich bei meiner Mentorin Ann Weiser Cornell und ihrer Kollegin Barbara McGavin, von denen ich das, was ich über innere Konflikte weiß, gelernt habe.

Außerdem bedanke ich mich bei meiner langjährigen Focusing-Partnerin Lali, die mich dabei unterstützt hat, mit den meisten meiner eigenen inneren Konflikte Frieden zu schließen.

Über den Autor:

Arno Katz ist vom Focusing Institute New York zertifizierter Focusing Trainer. Er bietet das komplette Trainingsprogramm des Inner Relationship Focusing und Focusing-Sitzungen am Telefon und über Skype an.

Hauptberuflich ist er Studienrat und unterrichtet Englisch und Deutsch. Er ist verheiratet und hat zwei Kinder.

Seine Email-Adresse lautet: *arnokatz@focusing.me*

Seine Webseite findet sich unter: *www.focusing.me*

Literaturempfehlungen:

Weiser Cornell, Ann: *Die Kunst des Annehmens – Leben und Arbeiten mit Focusing*. BoD, Norderstedt 2013.

»Die wichtigste Botschaft, die ich in diesem Buch vermitteln möchte, lautet, dass Freiheit und Autonomie wachsen und sich Veränderung vollzieht, wenn wir *bei* allen Aspekten und Seiten von uns *sein* können. Der Schritt aus der *Identifikation* zur *Präsenz* ist das, worum es in diesem Buch geht – wie wichtig, wie ausschlaggebend er ist und wie dieser Schritt eine Befreiung möglich macht, die vorher unmöglich erschien.

Damit wird der Zugang zu der Lebensenergie erschlossen, die sogar in unseren schmerzlichsten Teilen verborgen liegt. Dass diese Lebensenergie existiert, auch in den schmerzhaftesten Teilen, und wie wir Zugang zu ihr finden können, gehört ebenfalls zu den Schlüsselelementen der Botschaft dieses Buches.«

Ann Weiser Cornell

Katz, Arno: *Durchs Leben mit Focusing – Ein Kurz-roman.* BoD, Norderstedt 2014.

Karl erlebt den Anbruch des neuen Jahrtausends in der spanischen Hauptstadt Madrid. Zusammen mit seinen Freunden schlägt er sich durch den harten Alltag in der Millionenmetropole.

Doch Karl beherrscht Focusing, die lebensverändernde Fähigkeit, die Stimme seines Körpers zu hören. Schritt für Schritt entdeckt er seinen Weg. Welche Rolle spielt die geheimnisvolle Statue Luzifers dabei, die ihm in seinen Träumen erscheint?

Gemeinsam mit Karl macht sich der Leser auf eine faszinierende Reise in die menschliche Innenwelt und erforscht das menschliche Seelenleben. Gleichzeitig erhält er einen tiefen Einblick in die Theorie und die Praxis des Focusing.

»Dieses Buch hätte ich selbst gebraucht.«

Arno Katz